Fabularum Aesopiarum

FABULARUM AESOPIARUM

Latin Text

by

Phaedrus
c. 15 B.C. – 50 A.D.

First published in the 1st century.
Republished 2016 by Cavalier Classics.

Libri

LIBER I

PROLOGUS

Aesopus auctor quam materiam repperit,
hanc ego polivi versibus senariis.
Duplex libelli dos est: quod risum movet
et quod prudenti vitam consilio monet.
Calumniari si quis autem voluerit,
quod arbores loquantur, non tantum ferae,
fictis iocari nos meminerit fabulis.

I. LUPUS ET AGNUS

Ad rivum eundem lupus et agnus venerant,
siti compulsi. Superior stabat lupus,
longeque inferior agnus. Tunc fauce improba
latro incitatus iurgii causam intulit;
'Cur' inquit 'turbulentam fecisti mihi
aquam bibenti?' Laniger contra timens
'Qui possum, quaeso, facere quod quereris, lupe?
A te decurrit ad meos haustus liquor'.
Repulsus ille veritatis viribus
'Ante hos sex menses male' ait 'dixisti mihi'.
Respondit agnus 'Equidem natus non eram'.
'Pater hercle tuus' ille inquit 'male dixit mihi';
atque ita correptum lacerat iniusta nece.
Haec propter illos scripta est homines fabula
qui fictis causis innocentes opprimunt.

II. RANAE REGEM PETUNT

Athenae cum florerent aequis legibus,
procax libertas civitatem miscuit,
frenumque solvit pristinum licentia.
Hic conspiratis factionum partibus
arcem tyrannus occupat Pisistratus.
Cum tristem servitutem flerent Attici,
non quia crudelis ille, sed quoniam grave
omne insuetis onus, et coepissent queri,
Aesopus talem tum fabellam rettulit.
'Ranae, vagantes liberis paludibus,
clamore magno regem petiere ab Iove,
qui dissolutos mores vi compesceret.
Pater deorum risit atque illis dedit
parvum tigillum, missum quod subito vadi
motu sonoque terruit pavidum genus.
Hoc mersum limo cum iaceret diutius,
forte una tacite profert e stagno caput,
et explorato rege cunctas evocat.
Illae timore posito certatim adnatant,
lignumque supra turba petulans insilit.
Quod cum inquinassent omni contumelia,
alium rogantes regem misere ad Iovem,
inutilis quoniam esset qui fuerat datus.
Tum misit illis hydrum, qui dente aspero
corripere coepit singulas. Frustra necem
fugitant inertes; vocem praecludit metus.
Furtim igitur dant Mercurio mandata ad Iovem,

adflictis ut succurrat. Tunc contra Tonans
"Quia noluistis vestrum ferre" inquit "bonum,
malum perferte". Vos quoque, o cives,' ait
'hoc sustinete, maius ne veniat, malum'.

III. GRACULUS SUPERBUS ET PAVO

Ne gloriari libeat alienis bonis,
suoque potius habitu vitam degere,
Aesopus nobis hoc exemplum prodidit.
Tumens inani graculus superbia
pinnas, pavoni quae deciderant, sustulit,
seque exornavit. Deinde, contemnens suos
immiscet se ut pavonum formoso gregi
illi impudenti pinnas eripiunt avi,
fugantque rostris. Male mulcatus graculus
redire maerens coepit ad proprium genus,
a quo repulsus tristem sustinuit notam.
Tum quidam ex illis quos prius despexerat
'Contentus nostris si fuisses sedibus
et quod Natura dederat voluisses pati,
nec illam expertus esses contumeliam
nec hanc repulsam tua sentiret calamitas'.

IV. CANIS PER FLUVIUM CARNEM FERENS

Amittit merito proprium qui alienum adpetit.
Canis, per fluvium carnem cum ferret, natans
lympharum in speculo vidit simulacrum suum,
aliamque praedam ab altero ferri putans
eripere voluit; verum decepta aviditas
et quem tenebat ore dimisit cibum,
nec quem petebat adeo potuit tangere.

V. CANIS ET CAPELLA, OVIS ET LEO

Numquam est fidelis cum potente societas.
Testatur haec fabella propositum meum.
Vacca et capella et patiens ovis iniuriae
socii fuere cum leone in saltibus.
Hi cum cepissent cervum vasti corporis,
sic est locutus partibus factis leo:
'Ego primam tollo nomine hoc quia rex cluo;
secundam, quia sum consors, tribuetis mihi;
tum, quia plus valeo, me sequetur tertia;
malo adficietur si quis quartam tetigerit'.
Sic totam praedam sola improbitas abstulit.

VI. RANAE AD SOLEM

Vicini furis celebres vidit nuptias
Aesopus, et continuo narrare incipit -
Uxorem quondam Sol cum vellet ducere,
clamorem ranae sustulere ad sidera.
Convicio permotus quaerit Iuppiter
causam querellae. Quaedam tum stagni incola
'Nunc' inquit 'omnes unus exurit lacus,
cogitque miseras arida sede emori.
Quidnam futurum est si crearit liberos?'

VII. VULPES AD PERSONAM TRAGICAM

Personam tragicam forte vulpes viderat;
quam postquam huc illuc semel atque iterum verterat,
'O quanta species' inquit 'cerebrum non habet!'
Hoc illis dictum est quibus honorem et gloriam
Fortuna tribuit, sensum communem abstulit.

VIII. LUPUS ET GRUIS

Qui pretium meriti ab improbis desiderat,
bis peccat: primum quoniam indignos adiuvat,
impune abire deinde quia iam non potest.
Os devoratum fauce cum haereret lupi,
magno dolore victus coepit singulos
inlicere pretio ut illud extraherent malum.
Tandem persuasa est iureiurando gruis,
gulae quae credens colli longitudinem
periculosam fecit medicinam lupo.
Pro quo cum pactum flagitaret praemium,
'Ingrata es' inquit 'ore quae nostro caput
incolume abstuleris et mercedem postules'.

IX. PASSER AD LEPOREM CONSILIATOR

Sibi non cavere et aliis consilium dare
stultum esse paucis ostendamus versibus.
Oppressum ab aquila, fletus edentem graves,
leporem obiurgabat passer 'Ubi pernicitas
nota' inquit 'illa est? Quid ita cessarunt pedes?'
Dum loquitur, ipsum accipiter necopinum rapit
questuque vano clamitantem interficit.
Lepus semianimus 'Mortis en solacium:
qui modo securus nostra inridebas mala,
simili querella fata deploras tua'.

X. LUPUS ET VULPES IUDICE SIMIO

Quicumque turpi fraude semel innotuit,
etiam si verum dicit, amittit fidem.
Hoc adtestatur brevis Aesopi fabula.
Lupus arguebat vulpem furti crimine;
negabat illa se esse culpae proximam.
Tunc iudex inter illos sedit simius.
Uterque causam cum perorassent suam,
dixisse fertur simius sententiam:
'Tu non videris perdidisse quos petis;
te credo subripuisse quod pulchre negas'.

XI. ASINUS ET LEO VENANTES

Virtutis expers, verbis iactans gloriam,
ignotos fallit, notis est derisui.
Venari asello comite cum vellet leo,
contexit illum frutice et admonuit simul
ut insueta voce terreret feras,
fugientes ipse exciperet. Hic auritulus
clamorem subito totis tollit viribus,
novoque turbat bestias miraculo:
quae, dum paventes exitus notos petunt,
leonis adfliguntur horrendo impetu.
Qui postquam caede fessus est, asinum evocat,
iubetque vocem premere. Tunc ille insolens
'Qualis videtur opera tibi vocis meae?'
'Insignis' inquit 'sic ut, nisi nossem tuum
animum genusque, simili fugissem metu'.

XII. CERVUS AD FONTEM

Laudatis utiliora quae contempseris,
saepe inveniri testis haec narratio est.
Ad fontem cervus, cum bibisset, restitit,
et in liquore vidit effigiem suam.
Ibi dum ramosa mirans laudat cornua
crurumque nimiam tenuitatem vituperat,
venantum subito vocibus conterritus,
per campum fugere coepit, et cursu levi
canes elusit. Silva tum excepit ferum;
in qua retentis impeditus cornibus
lacerari coepit morsibus saevis canum.
Tum moriens edidisse vocem hanc dicitur:
'O me infelicem, qui nunc demum intellego,
utilia mihi quam fuerint quae despexeram,
et, quae laudaram, quantum luctus habuerint'.

XIII. VULPES ET CORVUS

Quae se laudari gaudent verbis subdolis,
serae dant poenas turpi paenitentia.
Cum de fenestra corvus raptum caseum
comesse vellet, celsa residens arbore,
vulpes invidit, deinde sic coepit loqui:
'O qui tuarum, corve, pinnarum est nitor!
Quantum decoris corpore et vultu geris!
Si vocem haberes, nulla prior ales foret'.
At ille, dum etiam vocem vult ostendere,
lato ore emisit caseum; quem celeriter
dolosa vulpes avidis rapuit dentibus.
Tum demum ingemuit corvi deceptus stupor.

XIV. EX SUTORE MEDICUS

Malus cum sutor inopia deperditus
medicinam ignoto facere coepisset loco
et venditaret falso antidotum nomine,
verbosis adquisivit sibi famam strophis.
Hic cum iaceret morbo confectus gravi
rex urbis, eius experiendi gratia
scyphum poposcit: fusa dein simulans aqua
illius se miscere antidoto toxicum,
combibere iussit ipsum, posito praemio.
Timore mortis ille tum confessus est,
non artis ulla medicum se prudentia,
verum stupore vulgi, factum nobilem.
Rex advocata contione haec edidit:
'Quantae putatis esse vos dementiae,
qui capita vestra non dubitatis credere,
cui calceandos nemo commisit pedes?'
Hoc pertinere vere ad illos dixerim,
quorum stultitia quaestus impudentiae est.

XV. ASINUS AD SENEM PASTOREM

In principatu commutando civium
nil praeter domini nomen mutant pauperes.
Id esse verum, parva haec fabella indicat.
Asellum in prato timidus pascebat senex.
Is hostium clamore subito territus
suadebat asino fugere, ne possent capi.
At ille lentus 'Quaeso, num binas mihi
clitellas impositurum victorem putas?'
Senex negavit. 'Ergo, quid refert mea
cui serviam, clitellas dum portem unicas?'

XVI. OVIS CERVUS ET LUPUS

Fraudator homines cum advocat sponsum improbos,
non rem expedire, sed malum ordiri expetit.
Ovem rogabat cervus modium tritici,
lupo sponsore. At illa, praemetuens dolum,
'Rapere atque abire semper adsuevit lupus;
tu de conspectu fugere veloci impetu.
Ubi vos requiram, cum dies advenerit?'

XVII. OVIS CANIS ET LUPUS

Solent mendaces luere poenas malefici.
Calumniator ab ove cum peteret canis,
quem commendasse panem se contenderet,
lupus, citatus testis, non unum modo
deberi dixit, verum adfirmavit decem.
Ovis, damnata falso testimonio,
quod non debebat, solvit. Post paucos dies
bidens iacentem in fovea prospexit lupum.
'Haec' inquit 'merces fraudis a superis datur'.

XVIII. MULIER PARTURIENS

Nemo libenter recolit qui laesit locum.
Instante partu mulier actis mensibus
humi iacebat, flebilis gemitus ciens.
Vir est hortatus, corpus lecto reciperet,
onus naturae melius quo deponeret.
'Minime' inquit 'illo posse confido loco
malum finiri quo conceptum est initio'.

XIX. CANIS PARTURIENS

Habent insidias hominis blanditiae mali;
quas ut vitemus, versus subiecti monent.
Canis parturiens cum rogasset alteram,
ut fetum in eius tugurio deponeret,
facile impetravit. Dein reposcenti locum
preces admovit, tempus exorans breve,
dum firmiores catulos posset ducere.
Hoc quoque consumpto flagitari validius
cubile coepit. 'Si mihi et turbae meae
par' inquit 'esse potueris, cedam loco'.

XX. CANES FAMELICI

Stultum consilium non modo effectu caret,
sed ad perniciem quoque mortalis devocat.
Corium depressum in fluvio viderunt canes.
Id ut comesse extractum possent facilius,
aquam coepere ebibere: sed rupti prius
periere quam quod petierant contingerent.

XXI. LEO SENEX, APER, TAURUS ET ASINUS

Quicumque amisit dignitatem pristinam,
ignavis etiam iocus est in casu gravi.
Defectus annis et desertus viribus
leo cum iaceret spiritum extremum trahens,
aper fulmineis spumans venit dentibus,
et vindicavit ictu veterem iniuriam.
Infestis taurus mox confodit cornibus
hostile corpus. Asinus, ut vidit ferum
impune laedi, calcibus frontem extudit.
At ille exspirans 'Fortis indigne tuli
mihi insultare: Te, Naturae dedecus,
quod ferre certe cogor bis videor mori'.

XXII. MUSTELA ET HOMO

Mustela ab homine prensa, cum instantem necem
effugere vellet, 'Parce, quaeso', inquit 'mihi,
quae tibi molestis muribus purgo domum'.
Respondit ille 'Faceres si causa mea,
gratum esset et dedissem veniam supplici.
Nunc quia laboras ut fruaris reliquiis,
quas sunt rosuri, simul et ipsos devores,
noli imputare vanum beneficium mihi'.
Atque ita locutus improbam leto dedit.
Hoc in se dictum debent illi agnoscere,
quorum privata servit utilitas sibi,
et meritum inane iactant imprudentibus.

XXIII. CANIS FIDELIS

Repente liberalis stultis gratus est,
verum peritis inritos tendit dolos.
Nocturnus cum fur panem misisset cani,
obiecto temptans an cibo posset capi,
'Heus', inquit 'linguam vis meam praecludere,
ne latrem pro re domini? Multum falleris.
Namque ista subita me iubet benignitas
vigilare, facias ne mea culpa lucrum'.

XXIV. RANA RUPTA ET BOS

Inops, potentem dum vult imitari, perit.
In prato quondam rana conspexit bovem,
et tacta invidia tantae magnitudinis
rugosam inflavit pellem. Tum natos suos
interrogavit an bove esset latior.
Illi negarunt. Rursus intendit cutem
maiore nisu, et simili quaesivit modo,
quis maior esset. Illi dixerunt 'bovem'.
Novissime indignata, dum vult validius
inflare sese, rupto iacuit corpore.

XXV. CANES ET CORCODILLI

Consilia qui dant prava cautis hominibus
et perdunt operam et deridentur turpiter.
Canes currentes bibere in Nilo flumine,
a corcodillis ne rapiantur, traditum est.
Igitur cum currens bibere coepisset canis,
sic corcodillus 'Quamlibet lambe otio,
noli vereri'. At ille 'Facerem mehercules,
nisi esse scirem carnis te cupidum meae'.

XXVI. VULPES ET CICONIA

Nulli nocendum: si quis vero laeserit,
multandum simili iure fabella admonet.
Ad cenam vulpes dicitur ciconiam
prior invitasse, et liquidam in patulo marmore
posuisse sorbitionem, quam nullo modo
gustare esuriens potuerit ciconia.
Quae, vulpem cum revocasset, intrito cibo
plenam lagonam posuit; huic rostrum inserens
satiatur ipsa et torquet convivam fame.
Quae cum lagonae collum frustra lamberet,
peregrinam sic locutam volucrem accepimus:
'Sua quisque exempla debet aequo animo pati'.

XXVII. CANIS ET THESAURUS ET VULTURIUS

Haec res avaris esse conveniens potest,
et qui, humiles nati, dici locupletes student.
Humana effodiens ossa thesaurum canis
invenit, et, violarat quia Manes deos,
iniecta est illi divitiarum cupiditas,
poenas ut sanctae religioni penderet.
Itaque, aurum dum custodit oblitus cibi,
fame est consumptus. Quem stans vulturius super
fertur locutus 'O canis, merito iaces,
qui concupisti subito regales opes,
trivio conceptus, educatus stercore'.

XXVIII. VULPES ET AQUILA

Quamvis sublimes debent humiles metuere,
vindicta docili quia patet sollertiae.
Vulpinos catulos aquila quondam sustulit,
nidoque posuit pullis escam ut carperent.
Hanc persecuta mater orare incipit,
ne tantum miserae luctum importaret sibi.
Contempsit illa, tuta quippe ipso loco.
Vulpes ab ara rapuit ardentem facem,
totamque flammis arborem circumdedit,
hosti dolorem damno miscens sanguinis.
Aquila, ut periclo mortis eriperet suos,
incolumes natos supplex vulpi reddidit.

XXIX. ASINUS INRIDENS APRUM

Plerumque stulti, risum dum captant levem,
gravi destringunt alios contumelia,
et sibi nocivum concitant periculum.
Asellus apro cum fuisset obvius,
'Salve' inquit 'frater'. Ille indignans repudiat
officium, et quaerit cur sic mentiri velit.
Asinus demisso pene 'Similem si negas
tibi me esse, certe simile est hoc rostro tuo'.
Aper, cum vellet facere generosum impetum,
repressit iram et 'Facilis vindicta est mihi:
sed inquinari nolo ignavo sanguine'.

XXX. RANAE METUENTES PROELIA TAURORUM

Humiles laborant ubi potentes dissident.
Rana e palude pugnam taurorum intuens,
'Heu, quanta nobis instat pernicies' ait.
interrogata ab alia cur hoc diceret,
de principatu cum illi certarent gregis
longeque ab ipsis degerent vitam boves,
'Sit statio separata ac diversum genus;
expulsus regno nemoris qui profugerit,
paludis in secreta veniet latibula,
et proculcatas obteret duro pede.
Ita caput ad nostrum furor illorum pertinet'.

XXXI. MILUUS ET COLUMBAE

Qui se committit homini tutandum improbo,
auxilia dum requirit, exitium invenit.
Columbae saepe cum fugissent miluum,
et celeritate pinnae vitassent necem,
consilium raptor vertit ad fallaciam,
et genus inerme tali decepit dolo:
'Quare sollicitum potius aevum ducitis
quam regem me creatis icto foedere,
qui vos ab omni tutas praestem iniuria?'
Illae credentes tradunt sese miluo.
Qui regnum adeptus coepit vesci singulas,
et exercere imperium saevis unguibus.
Tunc de reliquis una 'Merito plectimur,
huic spiritum praedoni quae commisimus'.

LIBER II

PROLOGUS

Exemplis continetur Aesopi genus;
nec aliud quicquam per fabellas quaeritur
quam corrigatur error ut mortalium,
acuatque sese diligens industria.
quicumque fuerit ergo narrandi iocus,
dum capiat aurem et servet propositum suum,
re commendatur, non auctoris nomine.
equidem omni cura morem servabo senis.
sed si libuerit aliquid interponere,
dictorum sensus ut delectet varietas,
bonas in partes, lector, accipias velim
ita, si rependet illi brevitas gratiam.
cuius verbosa ne sit commendatio,
attende cur negare cupidis debeas,
modestis etiam offerre quod non petierint.

I. IUVENCUS LEO ET PRAEDATOR

Super iuvencum stabat deiectum leo.
praedator intervenit, partem postulans.
'Darem' inquit 'nisi soleres per te sumere';
et improbum reiecit. forte innoxius
viator est deductus in eundem locum,
feroque viso rettulit retro pedem.
cui placidus ille 'Non est quod timeas' ait,
'et quae debetur pars tuae modestiae
audacter tolle'. tunc diviso tergore
silvas petivit, homini ut accessum daret.
Exemplum egregium prorsus et laudabile;
verum est aviditas dives et pauper pudor.

II. ANUS DILIGENS IUVENEM, ITEM PUELLA

A feminis utcumque spoliari viros,
ament, amentur, nempe exemplis discimus.
Aetatis mediae quendam mulier non rudis
tenebat, annos celans elegantia,
animosque eiusdem pulchra iuvenis ceperat.
ambae, videri dum volunt illi pares,
capillos homini legere coepere invicem.
qui se putaret fingi cura mulierum,
calvus repente factus est; nam funditus
canos puella, nigros anus evellerat.

III. AESOPUS AD QUENDAM DE SUCCESSU
IMPROBORUM

Laceratus quidam morsu vehementis canis,
tinctum cruore panem misit malefico,
audierat esse quod remedium vulneris.
Tunc sic Aesopus: 'Noli coram pluribus
hoc facere canibus, ne nos vivos devorent,
cum scierint esse tale culpae praemium'.
Successus improborum plures allicit.

IV. AQUILA FELES ET APER

Aquila in sublimi quercu nidum fecerat;
feles, cavernam nancta in media, pepererat;
sus nemoris cultrix fetum ad imam posuerat.
tum fortuitum feles contubernium
fraude et scelesta sic evertit malitia.
ad nidum scandit volucris: 'Pernicies' ait
Ê»tibi paratur, forsan et miserae mihi.
nam, fodere terram quod vides cotidie
aprum insidiosum, quercum vult evertere,
ut nostram in plano facile progeniem opprimatÊ».
terrore offuso et perturbatis sensibus
derepit ad cubile saetosae suis;
'Magno' inquit 'in periclo sunt nati tui.
nam, simul exieris pastum cum tenero grege,
aquila est parata rapere porcellos tibi'.
hunc quoque timore postquam complevit locum,
dolosa tuto condidit sese cavo:
inde evagata noctu suspenso pede,
ubi esca sese explevit et prolem suam,
pavorem simulans prospicit toto die.
ruinam metuens aquila ramis desidet:
aper rapinam vitans non prodit foras.
quid multa? inedia sunt consumpti cum suis,
felisque catulis largam praebuerat dapem.
Quantum homo bilinguis saepe concinnet mali,
documentum habere hinc stulta credulitas potest.

V. TIB. CAESAR AD ATRIENSEM

Est ardalionum quaedam Romae natio,
trepide concursans, occupata in otio,
gratis anhelans, multa agendo nil agens,
sibi molesta et aliis odiosissima.
hanc emendare, si tamen possum, volo
vera fabella; pretium est operae attendere.
Caesar Tiberius cum petens Neapolim
in Misenensem villam venisset suam,
quae, monte summo posita Luculli manu,
prospectat Siculum et respicit Tuscum mare,
ex alte cinctis unus atriensibus,
cui tunica ab umeris linteo Pelusio
erat destricta, cirris dependentibus,
perambulante laeta domino viridia,
alveolo coepit ligneo conspargere
humum aestuantem, iactans come officiolum:
sed deridetur. inde notis flexibus
praecurrit alium in xystum, sedans pulverem.
agnoscit hominem Caesar, remque intellegit:
'Heus!' inquit dominus. ille enimvero adsilit,
donationis alacer certae gaudio.
tum sic iocata est tanta maiestas ducis:
'Non multum egisti et opera nequiquam perit;
multo maioris alapae mecum veneunt'.

VI. AQUILA ET CORNIX

Contra potentes nemo est munitus satis;
si vero accessit consiliator maleficus,
vis et nequitia quicquid oppugnant, ruit.
Aquila in sublime sustulit testudinem:
quae cum abdidisset cornea corpus domo,
nec ullo pacto laedi posset condita,
venit per auras cornix, et propter volans
'Opimam sane praedam rapuisti unguibus;
sed, nisi monstraro quid sit faciendum tibi,
gravi nequiquam te lassabit pondere.'
promissa parte suadet ut scopulum super
altis ab astris duram inlidat corticem,
qua comminuta facile vescatur cibo.
inducta vafris aquila monitis paruit,
simul et magistrae large divisit dapem.
sic tuta quae Naturae fuerat munere,
impar duabus, occidit tristi nece.

VII. MULI DUO ET LATRONES

Muli gravati sarcinis ibant duo:
unus ferebat fiscos cum pecunia,
alter tumentis multo saccos hordeo.
ille onere dives celsa cervice eminens,
clarumque collo iactans tintinabulum;
comes quieto sequitur et placido gradu.
subito latrones ex insidiis advolant,
interque caedem ferro ditem sauciant:
diripiunt nummos, neglegunt vile hordeum.
spoliatus igitur casus cum fleret suos,
'Equidem' inquit alter 'me contemptum gaudeo;
nam nil amisi, nec sum laesus vulnere'.
Hoc argumento tuta est hominum tenuitas,
magnae periclo sunt opes obnoxiae.

VIII. CERVUS AD BOVES

Cervus nemorosis excitatus latibulis,
ut venatorum effugeret instantem necem,
caeco timore proximam villam petit,
ut opportuno se bovili condidit.
hic bos latenti 'Quidnam voluisti tibi,
infelix, ultro qui ad necem cucurreris?
at ille supplex 'Vos modo' inquit 'parcite:
occasione rursus erumpam data'.
spatium diei noctis excipiunt vices;
frondem bubulcus adfert, nil adeo videt:
eunt subinde et redeunt omnes rustici,
nemo animadvertit: transit etiam vilicus,
nec ille quicquam sentit. tum gaudens ferus
bubus quietis agere coepit gratias,
hospitium adverso quod praestiterint tempore.
respondit unus 'Salvum te cupimus quidem,
sed, ille qui oculos centum habet si venerit,
magno in periclo vita vertetur tua'.
haec inter ipse dominus a cena redit;
et, quia corruptos viderat nuper boves,
accedit ad praesaepe: 'Cur frondis parum est?
stramenta desunt. tollere haec aranea
quantum est laboris?' dum scrutatur singula,
cervi quoque alta conspicatur cornua;
quem convocata iubet occidi familia,
praedamque tollit. Haec significat fabula
dominum videre plurimum in rebus suis.

IX. AUCTOR

Aesopi ingenio statuam posuere Attici,
servumque collocarunt aeterna in basi,
patere honoris scirent ut cuncti viam
nec generi tribui sed virtuti gloriam.
quoniam occuparat alter ut primus foret,
ne solus esset, studui, quod superfuit.
nec haec invidia, verum est aemulatio.
quodsi labori faverit Latium meo,
plures habebit quos opponat Graeciae.
si Livor obtrectare curam voluerit,
non tamen eripiet laudis conscientiam.
si nostrum studium ad aures pervenit tuas,
et arte fictas animus sentit fabulas,
omnem querellam submovet felicitas.
sin autem rabulis doctus occurrit labor,
sinistra quos in lucem natura extulit,
nec quidquam possunt nisi meliores carpere,
fatale exilium corde durato feram,
donec Fortunam criminis pudeat sui.

LIBER III

PROLOGUS

Phaedri libellos legere si desideras,
uaces oportet, Eutyche, a negotiis,
ut liber animus sentiat uim carminis.
"Verum" inquis "tanti non est ingenium tuum,
momentum ut horae pereat officiis meis."
Non ergo causa est manibus id tangi tuis,
quod occupatis auribus non conuenit.
Fortasse dices: "Aliquae uenient feriae,
quae me soluto pectore ad studium uocent."
Legesne, quaeso, potius uiles nenias,
impendas curam quam rei domesticae,
reddas amicis tempora, uxori uaces,
animum relaxes, otium des corpori,
ut adsuetam fortius praestes uicem?
Mutandum tibi propositum est et uitae genus,
intrare si Musarum limen cogitas.
Ego, quem Pierio mater enixa est iugo,
in quo Tonanti sancta Mnemosyne Ioui,
fecunda nouies, artium peperit chorum,
quamuis in ipsa paene natus sim schola,
curamque habendi penitus corde eraserim,
nec Pallade hanc inuita in uitam incubuerim,
fastidiose tamen in coetum recipior.
Quid credis illi accidere qui magnas opes
exaggerare quaerit omni uigilia,
docto labori dulce praeponens lucrum?
Sed iam, "quodcumque fuerit," ut dixit Sinon

ad regem cum Dardaniae perductus foret,
librum exarabo tertium Aesopi stilo,
honori et meritis dedicans illum tuis.
Quem si leges, laetabor; sin autem minus,
habebunt certe quo se oblectent posteri.
Nunc, fabularum cur sit inuentum genus,
breui docebo. Seruitus obnoxia,
quia quae uolebat non audebat dicere,
affectus proprios in fabellas transtulit,
calumniamque fictis elusit iocis.
Ego illius pro semita feci uiam,
et cogitaui plura quam reliquerat,
in calamitatem deligens quaedam meam.
quodsi accusator alius Seiano foret,
si testis alius, iudex alius denique,
dignum faterer esse me tantis malis,
nec his dolorem delenirem remediis.
Suspicione si quis errabit sua,
et, rapiens ad se quod erit commune omnium,
stulte nudabit animi conscientiam,
huic excusatum me uelim nihilo minus.
Neque enim notare singulos mens est mihi,
uerum ipsam uitam et mores hominum ostendere.
rem me professum dicet fors aliquis grauem.
Si Phryx Aesopus potuit, si Anacharsis Scythes
aeternam famam condere ingenio suo,
ego litteratae qui sum proprior Graeciae,
cur somno inerti deseram patriae decus,
Threissa cum gens numeret auctores deos,
Linoque Apollo sit parens, Musa Orpheo,

qui saxa cantu mouit et domuit feras
Hebrique tenuit impetus dulci mora?
Ergo hinc abesto, Liuor, ne frustra gemas,
quom iam mihi sollemnis dabitur gloria.
Induxi te ad legendum? Sincerum mihi
candore noto reddas iudicium peto.

I. ANUS AD AMPHORAM

Anus iacere uidit epotam amphoram,
adhuc Falerna faece e testa nobili
odorem quae iucundum late spargeret.
Hunc postquam totis auida traxit naribus:
"O suauis anima, quale in te dicam bonum
antehac fuisse, tales cum sint reliquiae!"
Hoc quo pertineat dicet qui me nouerit.

II. PANTHERA ET PASTORES

Solet a despectis par referri gratia.
Panthera inprudens olim in foueam decidit.
Videre agrestes; alii fustes congerunt,
alii onerant saxis; quidam contra miseriti
periturae quippe, quamuis nemo laederet,
misere panem ut sustineret spiritum.
Nox insecuta est; abeunt securi domum,
quasi inuenturi mortuam postridie.
At illa, uires ut refecit languidas,
ueloci saltu fouea sese liberat
et in cubile concito properat gradu.
Paucis diebus interpositis prouolat,
pecus trucidat, ipsos pastores necat,
et cuncta uastans saeuit irato impetu.
Tum sibi timentes qui ferae pepercerant
damnum haut recusant, tantum pro uita rogant.
At illa: "Memini quis me saxo petierit,
quis panem dederit; uos timere absistite;
illis reuertor hostis qui me laeserunt."

III. AESOPUS ET RUSTICUS

Vsu peritus hariolo ueracior
uulgo perhibetur; causa sed non dicitur,
notescet quae nunc primum fabella mea.
Habenti cuidam pecora perpererunt oues
agnos humano capite. Monstro territus
ad consulendos currit maerens hariolos.
Hic pertinere ad domini respondet caput,
et auertendum uictima periculum.
Ille autem adfirmat coniugem esse adulteram
et insitiuos significari liberos,
sed expiari posse maiore hostia.
Quid multa? Variis dissident sententiis,
hominisque curam cura maiore adgrauant.
Aesopus ibi stans, naris emunctae senex,
natura numquam uerba cui potuit dare,
"Si procurare uis ostentum, rustice,
uxores" inquit "da tuis pastoribus."

IV. LANIUS ET SIMIUS

Pendere ad lanium quidam uidit simium
inter relicuas merces atque opsonia;
quaesiuit quidnam saperet. Tum lanius iocans
"Quale" inquit "caput est, talis praestatur sapor."
Ridicule magis hoc dictum quam uere aestimo;
quando et formosos saepe inueni pessimos,
et turpi facie multos cognoui optimos.

V. AESOPUS ET PETULANS

Successus ad perniciem multos deuocat.
Aesopo quidam petulans lapidem impegerat.
"Tanto" inquit "melior!" Assem deinde illi dedit
sic prosecutus: "Plus non habeo mehercule,
sed unde accipere possis monstrabo tibi.
Venit ecce diues et potens; huic similiter
impinge lapidem, et dignum accipies praemium."
Persuasus ille fecit quod monitus fuit,
sed spes fefellit impudentem audaciam;
comprensus namque poenas persoluit cruce.

VI. MUSCA ET MULA

Musca in temone sedit et mulam increpans
"Quam tarda es" inquit "non uis citius progredi?
Vide ne dolone collum conpungam tibi."
Respondit illa: "Verbis non moueor tuis;
sed istum timeo sella qui prima sedens
cursum flagello temperat lento meum,
et ora frenis continet spumantibus.
quapropter aufer friuolam insolentiam;
nam et ubi tricandum et ubi sit currendum scio."
Hac derideri fabula merito potest
qui sine uirtute uanas exercet minas.

VII. LUPUS AD CANEM

Quam dulcis sit libertas breuiter proloquar.
Cani perpasto macie confectus lupus
forte occurrit; dein, salutati inuicem
ut restiterunt," Vnde sic, quaeso, nites?
Aut quo cibo fecisti tantum corporis?
Ego, qui sum longe fortior, pereo fame."
Canis simpliciter: "Eadem est condicio tibi,
praestare domino si par officium potes."
"Quod?" inquit ille. "Custos ut sis liminis,
a furibus tuearis et noctu domum.
Adfertur ultro panis; de mensa sua
dat ossa dominus; frusta iactat familia,
et quod fastidit quisque pulmentarium.
Sic sine labore uenter impletur meus."
"Ego uero sum paratus: nunc patior niues
imbresque in siluis asperam uitam trahens.
Quanto est facilius mihi sub tecto uiuere,
et otiosum largo satiari cibo!"
"Veni ergo mecum." Dum procedunt, aspicit
lupus a catena collum detritum cani.
"Vnde hoc, amice?" "Nil est." "Dic, sodes, tamen."
"Quia uideor acer, alligant me interdiu,
luce ut quiescam, et uigilem nox cum uenerit:
crepusculo solutus qua uisum est uagor."
"Age, abire si quo est animus, est licentia?"
"Non plane est" inquit. "Fruere quae laudas, canis;
regnare nolo, liber ut non sim mihi."

VIII. SOROR AD FRATREM

Praecepto monitus saepe te considera.
Habebat quidam filiam turpissimam,
idemque insignem pulchra facie filium.
Hi speculum, in cathedra matris ut positum fuit,
pueriliter ludentes forte inspexerunt.
Hic se formosum iactat; illa irascitur
nec gloriantis sustinet fratris iocos,
accipiens (quid enim?) cuncta in contumeliam.
Ergo ad patrem decurrit laesura inuicem,
magnaque inuidia criminatur filium,
uir natus quod rem feminarum tetigerit.
Amplexus ille utrumque et carpens oscula
dulcemque in ambos caritatem partiens,
"Cotidie" inquit "speculo uos uti uolo,
tu formam ne corrumpas nequitiae malis,
tu faciem ut istam moribus uincas bonis."

IX. SOCRATES AD AMICOS

Vulgare amici nomen sed rara est fides.
Cum paruas aedes sibi fundasset Socrates
(cuius non fugio mortem si famam adsequar,
et cedo inuidiae dummodo absoluar cinis),
ex populo sic nescioquis, ut fieri solet:
"Quaeso, tam angustam talis uir ponis domum?"
"Vtinam" inquit "ueris hanc amicis impleam!"

X. POETA DE CREDERE ET NON CREDERE

Periculosum est credere et non credere.
Vtriusque exemplum breuiter adponam rei.
Hippolytus obiit, quia nouercae creditum est;
Cassandrae quia non creditum, ruit Ilium.
Ergo exploranda est ueritas multum, prius
quam stulte praua iudicet sententia.
Sed, fabulosam ne uetustatem eleuem,
narrabo tibi memoria quod factum est mea.
Maritus quidam cum diligeret coniugem,
togamque puram iam pararet filio,
seductus in secretum a liberto est suo,
sperante heredem suffici se proximum.
qui, cum de puero multa mentitus foret
et plura de flagitiis castae mulieris,
adiecit, id quod sentiebat maxime
doliturum amanti, uentitare adulterum
stuproque turpi pollui famam domus.
Incensus ille falso uxoris crimine
simulauit iter ad uillam, clamque in oppido
subsedit; deinde noctu subito ianuam
intrauit, recta cubiculum uxoris petens,
in quo dormire mater natum iusserat,
aetatem adultam seruans diligentius.
Dum quaerunt lumen, dum concursant familia,
irae furentis impetum non sustinens
ad lectum uadit, temptat in tenebris caput.
Vt sentit tonsum, gladio pectus transigit,

nihil respiciens dum dolorem uindicet.
Lucerna adlata, simul adspexit filium
sanctamque uxorem dormientem [illum prope],
sopita primo quae nil somno senserat,
representauit in se poenam facinoris
et ferro incubuit quod credulitas strinxerat.
Accusatores postularunt mulierem,
Romamque pertraxerunt ad centumuiros.
Maligna insontem deprimit suspicio,
quod bona possideat. Stant patroni fortiter
causam tuentes innocentis feminae.
A diuo Augusto tum petiere iudices
ut adiuuaret iuris iurandi fidem,
quod ipsos error implicuisset criminis.
Qui postquam tenebras dispulit calumniae
certumque fontem ueritatis repperit,
"Luat" inquit "poenas causa libertus mali;
namque orbam nato simul et priuatam uiro
miserandam potius quam damnandam existimo.
Quod si delata perscrutatus crimina
paterfamilias esset, si mendacium
subtiliter limasset, a radicibus
non euertisset scelere funesto domum."
Nil spernat auris, nec tamen credat statim,
quandoquidem et illi peccant quos minime putes,
et qui non peccant impugnantur fraudibus.
Hoc admonere simplices etiam potest,
opinione alterius ne quid ponderent.
Ambitio namque dissidens mortalium
aut gratiae subscribit aut odio suo.

Erit ille notus quem per te cognoueris.
Haec exsecutus sum propterea pluribus,
breuitate nimia quoniam quosdam offendimus.

XI. EUNUCHUS AD IMPROBUM

Eunuchus litigabat cum quodam improbo,
qui super obscena dicta et petulans iurgium
damnum insectatus est amissi corporis.
"En" ait "hoc unum est cur laborem ualidius,
integritatis testes quia desunt mihi.
Sed quid Fortunae, stulte, delictum arguis?
Id demum est homini turpe quod meruit pati."

XII. PULLUS AD MARGARITAM

In sterculino pullus gallinacius
dum quaerit escam margaritam repperit.
"Iaces indigno quanta res" inquit "loco!
Hoc si quis pretii cupidus uidisset tui,
olim redisses ad splendorem pristinum.
Ego quod te inueni, potior cui multo est cibus,
nec tibi prodesse nec mihi quicquam potest."
Hoc illis narro qui me non intellegunt.

XIII. APES ET FUCI VESPA IUDICE

Apes in alta fecerant quercu fauos.
Hos fuci inertes esse dicebant suos.
Lis ad forum deducta est, uespa iudice;
quae, genus utrumque nosset cum pulcherrime,
legem duabus hanc proposuit partibus:
"Non inconueniens corpus et par est color,
in dubium plane res ut merito uenerit.
Sed, ne religio peccet inprudens mea,
aluos accipite et ceris opus infundite,
ut ex sapore mellis et forma faui,
de quis nunc agitur, auctor horum appareat."
Fuci recusant, apibus condicio placet.
Tunc illa talem rettulit sententiam:
"Apertum est quis non possit et quis fecerit.
Quapropter apibus fructum restituo suum."
Hanc praeterissem fabulam silentio,
si pactam fuci non recusassent fidem.

XIV. DE LUSU ET SEUERITATE

Puerorum in turba quidam ludentem Atticus
Aesopum nucibus cum uidisset, restitit,
et quasi delirum risit. Quod sensit simul
derisor potius quam deridendus senex,
arcum retensum posuit in media uia:
"Heus" inquit "sapiens, expedi quid fecerim."
Concurrit populus. Ille se torquet diu,
nec quaestionis positae causam intellegit.
Nouissime succumbit. Tum uictor sophus:
"Cito rumpes arcum, semper se tensum habueris;
at si laxaris, cum uoles erit utilis."
Sic lusus animo debent aliquando dari,
ad cogitandum melior ut redeat tibi.

XV. CANIS AD AGNUM

Inter capellas agno palanti canis
"Stulte" inquit "erras; non est hic mater tua."
Ouesque segregatas ostendit procul.
"Non illam quaero quae cum libitum est concipit,
dein portat onus ignotum certis mensibus,
nouissime prolapsam effundit sarcinam;
uerum illam quae me nutrit admoto ubere,
fraudatque natos lacte ne desit mihi."
"Tamen illa est potior quae te peperit." "Non ita.
Beneficium sane magnum natali dedit,
ut expectarem lanium in horas singulas!
Vnde illa sciuit niger an albus nascerer?
Age porro, parere si uoluisset feminam,
quid profecisset cum crearer masculus?
Cuius potestas nulla in gignendo fuit,
cur hac sit potior quae iacentis miserita est,
dulcemque sponte praestat beneuolentiam?
Facit parentes bonitas, non necessitas."
[His demonstrare uoluit auctor uersibus
obsistere homines legibus, meritis capi.]

XVI. CICADA ET NOCTUA

Humanitati qui se non accommodat
plerumque poenas oppetit superbiae.
Cicada acerbum noctuae conuicium
faciebat, solitae uictum in tenebris quaerere
cauoque ramo capere somnum interdiu.
Rogata est ut taceret. Multo ualidius
clamare occepit. Rursus admota prece
accensa magis est. Noctua, ut uidit sibi
nullum esse auxilium et uerba contemni sua,
hac est adgressa garrulam fallacia:
"Dormire quia me non sinunt cantus tui,
sonare citharam quos putes Apollinis,
potare est animus nectar, quod Pallas mihi
nuper donauit; si non fastidis, ueni;
una bibamus." Illa, quae arebat siti,
simul gaudebat uocem laudari suam,
cupide aduolauit. Noctua, obsepto cauo,
trepidantem consectata est et leto dedit.
Sic, uiua quod negarat, tribuit mortua.

XVII. ARBORES IN DEORUM TUTELA

Olim quas uellent esse in tutela sua
diui legerunt arbores. Quercus Ioui,
at myrtus Veneri placuit, Phoebo laurea,
pinus Cybebae, populus celsa Herculi.
Minerua admirans quare steriles sumerent
interrogauit. Causam dixit Iuppiter:
"Honorem fructu ne uideamur uendere."
"At mehercules narrabit quod quis uoluerit,
oliua nobis propter fructum est gratior."
Tum sic deorum genitor atque hominum sator:
"O nata, merito sapiens dicere omnibus.
Nisi utile est quod facimus, stulta est gloria."
Nihil agere quod non prosit fabella admonet.

XVIII. PAUO AD IUNONEM DE UOCE SUA

Pauo ad Iunonem uenit, indigne ferens
cantus luscinii quod sibi non tribuerit;
illum esse cunctis auribus mirabilem,
se derideri simul ac uocem miserit.
Tunc consolandi gratia dixit dea:
"Sed forma uincis, uincis magnitudine;
nitor smaragdi collo praefulget tuo,
pictisque plumis gemmeam caudam explicas."
"Quo mi" inquit "mutam speciem si uincor sono?"
"Fatorum arbitrio partes sunt uobis datae;
tibi forma, uires aquilae, luscinio melos,
augurium coruo, laeua cornici omina;
omnesque propriis sunt contentae dotibus.
Noli adfectare quod tibi non est datum,
delusa ne spes ad querelam reccidat."

XIX. AESOPUS RESPONDET GARRULO

Aesopus domino solus cum esset familia,
parare cenam iussus est maturius.
Ignem ergo quaerens aliquot lustrauit domus,
tandemque inuenit ubi lucernam accenderet,
tum circumeunti fuerat quod iter longius
effecit breuius: namque recta per forum
coepit redire. Et quidam e turba garrulus:
"Aesope, medio sole quid tu lumine?"
"Hominem" inquit "quaero." Et abiit festinans domum.
Hoc si molestus ille ad animum rettulit,
sensit profecto se hominem non uisum seni,
intempestiue qui occupato adluserit.

EPILOGUS

Supersunt mihi quae scribam, sed parco sciens:
primum, esse uidear ne tibi molestior,
distringit quem multarum rerum uarietas;
dein, si quis eadem forte conari uelit,
habere ut possit aliquid operis residui;
quamuis materiae tanta abundet copia,
labori faber ut desit, non fabro labor.
Breuitatis nostrae praemium ut reddas peto
quod es pollicitus; exhibe uocis fidem.
Nam uita morti propior est cotidie;
et hoc minus redibit ad me muneris,
quo plus consumet temporis dilatio.
Si cito rem perages, usus fiet longior;
fruar diutius si celerius coepero.
Languentis aeui dum sunt aliquae reliquiae,
auxilio locus est: olim senio debilem
frustra adiuuare bonitas nitetur tua,
cum iam desierit esse beneficio utilis,
et Mors uicina flagitabit debitum.
Stultum admouere tibi preces existimo,
procliuis ultro cum sis misericordiae.
Saepe impetrauit ueniam confessus reus:
quanto innocenti iustius debet dari?
Tuae sunt partes; fuerunt aliorum prius;
dein simili gyro uenient aliorum uices.
Decerne quod religio, quod patitur fides,
ut gratuler me stare iudicio tuo.

Excedit animus quem proposui terminum,
sed difficulter continetur spiritus,
integritatis qui sincerae conscius
a noxiorum premitur insolentiis.
Qui sint, requiris. Apparebunt tempore.
Ego, quondam legi quam puer sententiam
"Palam muttire plebeio piaculum est,"
dum sanitas constabit, pulchre meminero.

LIBER IV

PROLOGUS. POETA AD PARTICULONEM

Cum destinassem terminum operi statuere,
in hoc ut aliis asset materiae satis,
consilium tacito corde damnaui [meum]
Nam si quis etiam talis est tituli [appetens],
quo pacto diuinabit quidnam omiserim,
ut illud ipse incipiat famae tradere,
sua cuique cum sit animi cogitatio
colorque proprius? Ergo non leuitas mihi,
sed certa ratio causam scribendi dedit.
Quare, Particulo, quoniam caperis fabulis,
(quas Aesopias, non Aesopi, nomino,
quia paucas ille ostendit, ego plures sero,
usus uetusto genere sed rebus nouis,)
quartum libellum cum uacaris perleges.
Hunc obtrectare si uolet malignitas,
imitari dum non possit, obtrectet licet.
Mihi parta laus est quod tu, quod similes tui
uestra in chartas uerba transfertis mea,
dignumque longa iudicatis memoria.
Inlitteratum plausum nec desidero.

I. ASINUS ET GALLI

Qui natus est infelix, non uitam modo
tristem decurrit, uerum post obitum quoque
persequitur illum dura fati miseria.
Galli Cybebes circum in questus ducere
asinum solebant, baiulantem sarcinas.
Is cum labore et plagis esset mortuus,
detracta pelle sibi fecerunt tympana.
Rogati mox a quodam, delicio suo
quidnam fecissent, hoc locuti sunt modo:
"Putabat se post mortem securum fore:
ecce aliae plagae congeruntur mortuo!"

II. POETA

Ioculare tibi uidemur: et sane leui,
dum nil habemus maius, calamo ludimus.
Sed diligenter intuere has nenias;
quantum in pusillis utilitatem reperies!
Non semper ea sunt quae uidentur: decipit
frons prima multos, rara mens intellegit
quod interiore condidit cura angulo.
Hoc ne locutus sine mercede existimer,
fabellam adiciam de mustela et muribus.
Mustela, cum annis et senecta debilis
mures ueloces non ualeret adsequi,
inuoluit se farina et obscuro loco
abiecit neclegenter. Mus, escam putans,
adsiluit et comprensus occubuit neci;
alter similiter, deinde perit et tertius.
post aliquot uenit saeculis retorridus,
qui saepe laqueos et muscipula effugerat;
proculque insidias cernens hostis callidi,
"Sic ualeas," inquit, "ut farina es, quae iaces!"

III. DE VULPE ET VUA

Fame coacta uulpes alta in uinea
uuam adpetebat, summis saliens uiribus.
Quam tangere ut non potuit, discedens ait:
"Nondum matura es; nolo acerbam sumere."
Qui, facere quae non possunt, uerbis eleuant,
adscribere hoc debebunt exemplum sibi.

IV. EQUUS ET APER

Equus sedare solitus quo fuerat sitim,
dum sese aper uolutat turbauit uadum.
Hinc orta lis est. Sonipes, iratus fero,
auxilium petiit hominis; quem dorso leuans
rediit ad hostem laetus. Hunc telis eques
postquam interfecit, sic locutus traditur:
"Laetor tulisse auxilium me precibus tuis;
nam praedam cepi et didici quam sis utilis."
Atque ita coegit frenos inuitum pati.
Tum maestus ille: "Paruae uindictam rei
dum quaero demens, seruitutem repperi."
Haec iracundos admonebit fabula
inpune potius laedi quam dedi alteri.

V. POETA

Plus esse in uno saepe quam in turba boni
narratione posteris tradam breui.
Quidam decedens tres reliquit filias,
unam formosam et oculis uenantem uiros,
at alteram lanificam et frugi rusticam,
deuotam uino tertiam et turpissimam.
Harum autem matrem fecit heredem senex
sub condicione, totam ut fortunam tribus
aequaliter distribuat, sed tali modo:
"Ni data possideant aut fruantur"; tum "simul
habere res desierint quas acceperint,
centena matri conferant sestertia."
Athenas rumor implet, mater sedula
iuris peritos consulit; nemo expedit
quo pacto ni possideant quod fuerit datum,
fructumue capiant; deinde quae tulerint nihil
quanam ratione conferant pecuniam.
Postquam consumpta est temporis longi mora,
nec testamenti potuit sensus colligi,
fidem aduocauit iure neglecto parens.
Seponit moechae uestem, mundum muliebrem,
lauationem argenteam, eunuchos glabros;
lanificae agellos, pecora, uillam, operarios,
boues, iumenta et instrumentum rusticum;
potrici plenam antiquis apothecam cadis,
domum politam et delicatos hortulos.
Sic destinata dare cum uellet singulis

et adprobaret populus, qui illas nouerat,
Aesopus media subito in turba constitit:
"O si maneret condito sensus patri,
quam grauiter ferret quod uoluntatem suam
interpretari non potuissent Attici!"
Rogatus deinde soluit errorem omnium:
"Domum et ornamenta cum uenustis hortulis
et uina uetera date lanificae rusticae;
uestem, uniones, pedisequos et cetera
illi adsignate uitam quae luxu trahit;
agros et uillam et pecora cum pastoribus
donate moechae. Nulla poterit perpeti
ut moribus quid teneat alienum suis.
Deformis cultum uendet ut uinum paret;
agros abiciet moecha ut ornatum paret;
at illa gaudens pecore et lanae dedita
quacumque summa tradet luxuriam domus.
Sic nulla possidebit quod fuerit datum,
et dictam matri conferent pecuniam
ex pretio rerum quas uendiderint singulae."
Ita quod multorum fugit inprudentiam
unius hominis repperit sollertia.

VI. PUGNA MURIUM ET MUSTELARUM

Cum uicti mures mustelarum exercitu
(historia, quot sunt, in tabernis pingitur)
fugerent et artos circum trepidarent cauos,
aegre recepti, tamen euaserunt necem:
duces eorum, qui capitibus cornua
suis ligarant ut conspicuum in proelio
haberent signum quod sequerentur milites,
haesere in portis suntque capti ab hostibus;
quos immolatos uictor auidis dentibus
capacis alui mersit tartareo specu.
Quemcumque populum tristis euentus premit,
periclitatur magnitudo principium,
minuta plebes facili praesidio latet.

VII. PHAEDRUS

Tu qui nasute scripta destringis mea,
et hoc iocurum legere fastidis genus,
parua libellum sustine patientia,
seueritatem frontis dum placo tuae
et in coturnis prodit Aesopus nouis:
"Vtinam nec umquam Pelii in nemoris iugo
pinus bipenni concidisset Thessala,
nec ad professae mortis audacem uiam
fabricasset Argus opere Palladio ratem,
inhospitalis prima quae Ponti sinus
patefecit in perniciem Graium et Barbarum.
Namque et superbi luget Aeetae domus,
et regna Peliae scelere Medeae iacent,
quae, saeuum ingenium uariis inuoluens modis,
illinc per artus fratris explicuit fugam,
hic caede patris Peliadum infecit manus."
Quid tibi uidetur? "Hoc quoque insulsum est", ait
"falsoque dictum, longe quia uetustior
Aegea Minos classe predomuit freta,
iustique uindicauit exemplum imperi."
Quid ergo possum facere tibi, lector Cato,
si nec fabellae et iuuant nec fabulae?
Noli molestus esse ominino litteris,
maiorem exhibeant ne tibi molestiam.
Hoc illis dictum est, qui stultitia nauseant
et, ut putentur sapere, caelum uituperant

VIII. SERPENS AD FABRUM FERRARIUM

Mordaciorem qui improbo dente adpetit,
hoc argumento se describi sentiat.
In officinam fabri uenit uipera.
Haec, cum temptaret si qua res esset cibi,
limam momordit. Illa contra contumax,
"Quid me," inquit, "stulta, dente captas laedere,
omne adsueui ferrum quae conrodere?"

IX. VULPIS ET CAPER

Homo in periclum simul ac uenit callidus,
reperire effugium quaerit alterius malo.
Cum decidisset uulpes in puteum inscia
et altiore clauderetur margine,
deuenit hircus sitiens in eundem locum.
Simul rogauit, esset an dulcis liquor
et copiosus, illa fraudem moliens:
"Descende, amice; tanta bonitas est aquae,
uoluptas ut satiari non possit mea."
Immisit se barbatus. Tum uulpecula
euasit puteo, nixa celsis cornibus,
hircumque clauso liquit haerentem uado.

X. DE VITIIS HOMINUM

Peras imposuit Iuppiter nobis duas:
propriis repletam uitiis post tergum dedit,
alienis ante pectus suspendit grauem.
Hac re uidere nostra mala non possumus;
alii simul delinquunt, censores sumus.

XI. FUR ET LUCERNA

Lucernam fur accendit ex ara Iouis
ipsumque compilauit ad lumen suum.
Onustus qui sacrilegio cum discederet,
repente uocem sancta misit Religio:
"Malorum quamuis ista fuerint munera
mihique inuisa, ut non offendar subripi,
tamen, sceleste, spiritu culpam lues,
olim cum adscriptus uenerit poenae dies.
Sed ne ignis noster facinori praeluceat,
per quem uerendos excolit pietas deos,
ueto esse tale luminis commercium."
Itaque hodie nec lucernam de flamma deum
nec de lucerna fas est accendi sacrum.
Quot res contineat hoc argumentum utiles
non explicabit alius quam qui repperit.
Significat primum saepe quos ipse alueris
tibi inueniri maxime contrarios;
secundum ostendit scelera non ira deum,
Fatorum dicto sed puniri tempore;
nouissime interdicit ne cum melefico
usum bonus consociet ullius rei.

XII. MALAS ESSE DIUITIAS

Opes inuisae merito sunt forti uiro,
quia diues arca ueram laudem intercipit.
Caelo receptus propter uirtutem Hercules,
cum gratulantes persalutasset deos,
ueniente Pluto, qui Fortunae est filius,
auertit oculos. Causam quaesiuit Pater.
"Odi" inquit "illum quia malis amicus est
simulque obiecto cunctaa corrumpit lucro."

XIII. SIMIUS TYRANNUS

"Vtilius homini nil est quam recte loqui."
Probanda cunctis est quidem sententia;
sed ad perniciem solet agi sinceritas,
[ubi ueritate plus ualet mendacium.]
Duo homines, unus fallax et alter uerax, iter simul
agebant. Et cum ambularent, uenerunt inprouinciam
simiarum. Quos ut uidit una ex multitudine simiarum,
ipse qui prior esse uidebatur,iussit eos teneri, ut
interrogaret quid de illo homines dicerent. Iussitque
omnes sibi similes adstareante se ordine longo, dextra
laeuaque, et sibi sedile parari; sicut uiderat imperatorem
aliquando,taliter sibi adstare fecit. Iubentur homines
adduci in medio. Ait maior: "Quis sum ego?"
Fallaxdixit: "Tu es imperator." Iterum interrogat: "Et isti
quos uides ante me stare?"Respondit: "Hi suntcomites
tui, primicerii, campidoctores, militares officii." Et quia
mendacio laudatus est cum turbasua, iubet illum
munerari, et quia adulatus est, omnes illos fefellit. Verax
autem apud se cogitabar:"Si iste mendax, qui omnia
mentitur, sic accepit, si uerum dixero, magis
munerabor." Tunc aitmaior simia: "Dic et tu, quis sum
ego, et hi quos ante me uides?" At ille, qui semper
ueritatemamabat et loqui consueuerat, respondit: "Tu es
uere simia, et omnes hi similes tui simiae sempersunt."
Iubentur continuo lacerari dentibus et unguibus, eo
quod uerum dixisset.

Malis hominibus, qui fallaciam et malitiam amant, honestatem et ueritatem lacerant.

XIV. DE LEONE REGNANTE

Tacere [ubi] tormentum, [par] poenast loqui.
Cum se ferarum regem fecisset leo,
et aequitatis uellet famam consequi,
a pristina deflexit consuetudine,
atque inter illas tenui contentus cibo
sancta incorrupta iura reddebat fide.
Postquam labare coepit paenitentia,
(et mutare non posset naturam, coepit aliquos ducere in
secretum et fallacia quaerere si ei osputeret. Illos qui
dicebant "putet," et qui dicebant "non putet," omnes
tamen laniabat, ita utsaturaretur sanguine. Cum multis
hoc fecisset, postea simium interrogabat si putorem
haberet inore. Ille quasi cinnamomum dixit fragrare et
quasi deorum altaria. Leo erubuit laudatorem, sed,
utdeciperet, mutauit fidem et quaesiuit fraudem, atque
languere se simulabat. Continuo ueneruntmedici; qui,
ut uenas serunt ei sumere cibum aliquem qui leuis esset
et tolleret fastidium prodigestione, ut regibus omnia
licent. "Ignota est" inquit "mihi caro simii; uellem illam
probare." Vtest locutus, statim necatur beniloquus
simius, ut eius carnem cito escam sumeret.
[Vna enim est poena loquentis et no loquentis).]

XV. PROMETHEUS

[tum materia eadem usus formauit recens]
a fictione ueretri linguam mulieris.
Adfinitatem traxit inde obscaenitas.

XVI.IDEM

Rogauit alter tribadas et molles mares
quae ratio procreasset, exposuit senex:
"Idem Prometheus, auctor uulgi fictilis
qui, simul offendit ad fortunam, frangitur,
naturae partes ueste quas celat pudor
cum separatim toto finxisset die,
aptare mox ut posset corporibus suis,
ad cenam est inuitatus subito a Libero;
ubi inrigatus multo uenas nectare
sero domum est reuersus titubanti pede.
Tum semisomno corde et errore ebrio
adplicuit uirginale generi masculo,
et masculina membra adposuit feminis.
Ita nunc libido prauo fruitur gaudio."

XVII. DE CAPRIS BARBATIS

Barbam capellae cum impetrassent ab Ioue,
hirci maerentes indignari coeperunt
quod dignitatem feminae aequassent suam.
"Sinite," inquit, "illas gloria uana frui
et usurpare uestri ornatum muneris,
pares dum non sint uestrae fortitudini."
Hoc argumentum monet ut sustineas tibi
habitu esse similes qui sunt uirtute impares.

XVIII. DE FORTUNIS HOMINUM

Cum de fortunis quidam quereretur suis,
Aesopus finxit consolandi hoc gratia.
"Vexata saeuis nauis tempestatibus
inter uectorum lacrimas et mortis metum,
faciem ad serenam ut subito mutatur dies,
ferri secundis tuta coepit flatibus
nimiaque nautas hilaritate extollere.
Factus periclo sic gubernator sophus:
"Parce gaudere oportet et sensim queri,
totam quia uitam miscet dolor et gaudium."

XIX. CANES LEGATOS MISERUNT AD IOUEM

Canes legatos olim misere ad Iouem
meliora uitae tempora oratum suae,
ut sese eriperet hominum contumeliis,
furfuribus sibi consparsum quod panem darent
fimoque turpi maxime explerent famem.
Profecti sunt legati non celeri pede;
dum naribus scrutantur escam in stercore,
citati non respondent. Vix tandem inuenit
eos Mercurius et turbatos adtrahit.
Tum uero uultum magni ut uiderunt Iouis,
totam timentes concacarunt regiam.
Vetat dimitti magnus illos Iuppiter;
propulsi uero fustibus uadunt foras.

....

mirari sibi legatos non reuertier;
turpe aestimantes aliquid commissum a suis,
post aliquod tempus alios ascribi iubent.
Rumor cacatus superiores prodidit;
timentes rursus aliquid ne simile accidat,
odore canibus anum, sed multo, replent.
Mandata dant; legati mittuntur; statim
abeunt; rogantes aditum continuo impetrant.
Consedit genitor tum deorum maximus
quassatque fulmen; tremere coepere omnia.
Canes confusi, subitus quod fuerat fragor,
repente, odore mixto cum merdis, cacant.
Di clamant omnes uindicandam iniuriam.

Sic est locutus ante poenam Iuppiter:
"Non est legatos regis non dimittere,
nec est difficile poenas culpae imponere.
Sed hoc feretur pro ludibrio praemium:
non ueto dimitti, uerum cruciari fame,
ne uentrem continere non possint suum.
Illi autem qui miserunt bis tam futtiles
numquam carebunt hominum contumelia."
Ita nunc legatos expectantes posteri,
nouum ut uenire quis uidet culum olfacit.

XX. SERPENS MISERICORDI NOCIUA

Qui fert malis auxilium, post tempus dolet.
Gelu rigentem quidam colubram sustulit
sinuque fouit, contra se ipse misericors;
namque, ut refecta est, necuit hominem protinus.
Hanc alia cum rogaret causam facinoris,
respondit: "Ne quis discat prodesse improbis."

XXI. VULPIS ET DRACO

Vulpes cubile fodiens dum terram eruit
agitque pluris altius cuniculos,
peruenit ad draconis speluncam ultimam,
custodiebat qui thesauros abditos.
Hunc simul aspexit: "Oro ut inprudentiae
des primum ueniam; deinde si pulchre uides
quam non conueniens aurum sit uitae meae,
respondeas clementer: quem fructum capis
hoc ex labore, quodue tantum est praemium
ut careas somno et aeuum in tenebris exigas?"
"Nullum" inquit ille, "uerum hoc ab summo mihi
Ioue adtributum est." "Ergo nec sumis tibi
nec ulli donas quidquam?" "Sic Fatis placet."
"Nolo irascaris, libere si dixero:
dis est iratis natus qui est similis tibi."
Abiturus illuc quo priores abierunt,
quid mente caeca miserum torques spiritum?
Tibi dico, auare, gaudium heredis tui,
qui ture superos, ipsum te fraudas cibo,
qui tristis audis musicum citharae sonum,
quem tibiarum macerat iucunditas,
obsoniorum pretia cui gemitum exprimunt,
qui dum quadrantes aggeras patrimonio
caelum fatigas sordido periurio,
qui circumcidis omnem inpensam funeris,
Libitina ne quid de tuo faciat lucri.

113

XXII. PHAEDRUS

Quid iudicare cogitas, Liuor, modo?
Licet dissimulet, pulchre tamen intellego.
Quicquid putabit esse dignum memoria,
Aesopi dicet; si quid minus adriserit,
a me contendet fictum quouis pignore.
Quem uolo refelli iam nunc responso meo:
siue hoc ineptum siue laudandum est opus,
inuenit ille, nostra perfecit manus.
Sed exsequamur coepti propositum ordinem.

XXIII. DE SIMONIDE

Homo doctus in se semper diuitias habet.
Simonides, qui scripsit egregium melos,
quo paupertatem sustineret facilius,
circum ire coepit urbes Asiae nobiles,
mercede accepta laudem uictorum canens.
Hoc genere quaestus postquam locuples factus est,
redire in patriam uoluit cursu pelagio;
erat autem, ut aiunt, natus in Cia insula.
ascendit nauem; quam tempestas horrida
simul et uetustas medio dissoluit mari.
Hi zonas, illi res pretiosas colligunt,
subsidium uitae. Quidam curiosior:
"Simonide, tu ex opibus nil sumis tuis?"
"Mecum" inquit "mea sunt cuncta."Tunc pauci enatant,
quia plures onere degrauati perierant.
Praedones adsunt, rapiunt quod quisque extulit,
nudos relinquunt. Forte Clazomenae prope
antiqua fuit urbs, quam petierunt naufragi.
Hic litterarum quidam studio deditus,
Simonidis qui saepe uersus legerat,
eratque absentis admirator maximus,
sermone ab ipso cognitum cupidissime
ad se recepit; ueste, nummis, familia
hominem exornauit. Ceteri tabulam suam
portant, rogantes uictum. Quos casu obuios
Simonides ut uidit: "Dixi" inquit "mea
mecum esse cuncta; uos quod rapuistis perit."

XXIV. MONS PARTURIENS

Mons parturibat, gemitus immanes ciens,
eratque in terris maxima expectatio.
At ille murem peperit. Hoc scriptum est tibi,
qui, magna cum minaris, extricas nihil.

XXV. FORMICA ET MUSCA

[Nihil agere quod non prosit fabella indicat.]
Formica et musca contendebant acriter,
quae pluris esset. Musca sic coepit prior:
"Conferre nostris tu potes te laudibus?
Moror inter aras, templa perlustro deum;
ubi immolatur, exta praegusto omnia;
in capite regis sedeo cum uisum est mihi,
et matronarum casta delibo oscula;
laboro nihil atque optimis rebus fruor.
Quid horum simile tibi contingit, rustica?"
"Est gloriosus sane conuictus deum,
sed illi qui inuitatur, non qui inuisus est.
Aras frequentas? Nempe abigeris quom uenis.
Reges commemoras et matronarum oscula?
Super etiam iactas tegere quod debet pudor.
Nihil laboras? Ideo, cum opus est, nihil habes.
Ego grana in hiemem cum studiose congero,
te circa murum pasci uideo stercore;
mori contractam cum te cogunt frigora,
me copiosa recipit incolumem domus.
aestate me lacessis; cum bruma est siles.
Satis profecto rettudi superbiam."
Fabella talis hominum discernit notas,
eorum qui se falsis ornant laudibus,
et quorum uirtus exhibet solidum decus.

XXVI. POETA

Quantum ualerent inter homines litterae
dixi superius; quantus nunc illis honos
a superis sit tributus tradam memoriae.
Simonides idem ille de quo rettuli,
uictori laudem cuidam pyctae ut scriberet
certo conductus pretio, secretum petit.
Exigua cum frenaret materia impetum,
usus poetae more est et licentia
atque interposuit gemina Ledae sidera,
auctoritatem similis referens gloriae.
Opus adprobauit; sed mercedis tertiam
accepit partem. Cum relicuas posceret:
"Illi" inquit "reddent quorum sunt laudis duae.
Verum, ut ne irate te dimissum sentiant,
ad cenam mihi promitte; cognatos uolo
hodie inuitare, quorum es in numero mihi."
Fraudatus quamuis et dolens iniuria,
ne male dimissus gratiam corrumperet,
promisit. Rediit hora dicta, recubuit.
Splendebat hilare poculis conuiuium,
magno apparatu laeta resonabat domus,
repente duo cum iuuenes, sparsi puluere,
sudore multo diffluentes, corpore
humanam supra formam, cuidam seruolo
mandant ut ad se prouocet Simonidem;
illius interesse ne faciat moram.
Homo perturbatus excitat Simonidem.

Vnum promorat uix pedem triclinio,
ruina camarae subito oppressit ceteros;
nec ulli iuuenes sunt reperti ad ianuam.
Vt est uulgatus ordo narratae rei
omnes scierunt numinum praesentiam
uati dedisse uitam mercedis loco.

EPILOGUS: POETA AD PARTICULONEM

Adhuc supersunt multa quae possim loqui,
et copiosa abundat rerum uarietas;
sed temperatae suaues sunt argutiae,
immodicae offendunt. Quare, uir sanctissime,
ep.,Particulo, chartis nomen uicturum meis,
Latinis dum manebit pretium litteris,
si non ingenium, certe breuitatem adproba;
quae commendari tanto debet iustius,
quanto cantores sunt molesti ualidius.

LIBER V

PROLOGUS: IDEM POETA

Aesopi nomen sicubi interposuero,
cui reddidi iam pridem quicquid debui,
auctoritatis esse scito gratia;
ut quidam artifices nostro faciunt saeculo,
qui pretium operibus maius inueniunt nouis
si marmori adscripserunt Praxitelen suo,
detrito Myn argento, tabulae Zeuxidem.
Adeo fucatae plus uetustati fauet
inuidia mordax quam bonis praesentibus.
Sed iam ad fabellam talis exempli feror.

I. DEMETRIUS REX ET MENANDER POETA

Demetrius rex, qui Phalereus dictus est,
Athenas occupauit imperio improbo.
Vt mos est uulgi, passim et certatim ruit;
"Feliciter!" succlamant. Ipsi principes
illam osculantur qua sunt oppressi manum,
tacite gementes tristem fortunae uicem.
Quin etiam resides et sequentes otium,
ne defuisse noceat, repunt ultimi;
in quis Menander, nobilis comoediis,
quas ipsum ignorans legerat Demetrius
et admiratus fuerat ingenium uiri,
unguento delibutus, uestitu fluens,
ueniebat gressu delicato et languido.
Hunc ubi tyrannus uidit extremo agmine:
"Quisnam cinaedus ille in conspectu meo
audet ceuere?" Responderunt proximi:
"Hic est Menander scriptor." Mutatus statim
"Homo" inquit "fieri non potest formosior."

II. DUO MILITES ET LATRO

Duo cum incidissent in latronem milites,
unus profugit, alter autem restitit
et uindicauit sese forti dextera.
Latrone excusso timidus accurrit comes
stringitque gladium, dein reiecta paenula
"Cedo" inquit "illum; iam curabo sentiat
quos attemptarit." Tunc qui depugnauerat:
"Vellem istis uerbis saltem adiuuisses modo;
constantior fuissem uera existimans.
Nunc conde ferrum et linguam pariter futilem.
Vt possis alios ignorantes fallere,
ego, qui sum expertus quantis fugias uiribus,
scio quam uirtuti non sit credendum tuae."
Illi adsignari debet haec narratio,
qui re secunda fortis est, dubia fugax.

III. CALUUS ET MUSCA

Calui momordit musca nudatum caput,
quam opprimere captans alapam sibi duxit grauem.
Tunc illa inridens: "Punctum uolucris paruulae
uoluisti morte ulcisci; quid facies tibi,
iniuriae qui addideris contumeliam?"
Respondit: "Mecum facile redeo in gratiam,
quia non fuisse mentem laedendi scio.
Sed te, contempti generis animal improbum,
quae delectaris bibere humanum sanguinem,
optem carere uel maiore incommodo."
Hoc argumento uenia donari decet
qui casu peccat. Nam qui consilio est nocens,
illum esse quauis dignum poena iudico.

IV. ASINUS ET PORCELLI HORDEUM

Quidam immolasset uerrem cum sancto Herculi,
cui pro salute uotum debebat sua,
asello iussit reliquias poni hordei.
Quas aspernatus ille sic locutus est:
"Libenter istum prorsus adpeterem cibum,
nisi qui nutritus illo est iugulatus foret."
Huius respectu fabulae deterritus,
periculosum semper uitaui lucrum.
Sed dicis: "Qui rapuere diuitias, habent."
Numeremus agedum qui deprensi perierunt;
maiorem turbam punitorum reperies.
Paucis temeritas est bono, multis malo.

V. SCURRA ET RUSTICUS

Prauo fauore labi mortales solent
et, pro iudicio dum stant erroris sui,
ad paenitendum rebus manifestis agi.
Facturus ludos diues quidam nobilis
proposito cunctos inuitauit praemio,
quam quisque posset ut nouitatem ostenderet.
Venere artifices laudis ad certamina;
quos inter scurra, notus urbano sale,
habere dixit se genus spectaculi
quod in theatro numquam prolatum foret.
Dispersus rumor ciuitatem concitat.
Paulo ante uacua turbam deficiunt loca.
In scaena uero postquam solus constitit
sine apparatu, nullis adiutoribus,
silentium ipsa fecit expectatio.
Ille in sinum repente demisit caput,
et sic porcelli uocem est imitatus sua,
uerum ut subesse pallio contenderent
et excuti iuberent. Quo facto, simul
nihil est repertum, multis onerant laudibus
hominemque plausu prosequuntur maximo.
Hoc uidit fieri rusticus: "Non mehercule
me uincet" inquit, et statim professus est
idem facturum melius se postridie.
Fit turba maior. Iam fauor mentes tenet
et derisuros, non spectaturos, scias.
Vterque prodit. Scurra degrunnit prior,

mouetque plausus et clamores suscitat.
Tunc simulans sese uestimentis rusticus
porcellum obtegere (quod faciebat scilicet,
sed, in priore quia nil compererant, latens),
peruellit aurem uero, quem celauerat,
et cum dolore uocem naturae exprimit.
Adclamat populus scurram multo similius
imitatum, et cogit rusticum trudi foras.
At ille profert ipsum porcellum e sinu,
turpemque aperto pignore errorem probans:
"En hic declarat quales sitis iudices!"

VI. DUO CALUI

Inuenit caluus forte in triuio pectinem.
Accessit alter aeque defectus pilis.
"Heia" inquit "in commune quodcumque est lucri! "
Ostendit ille praedam et adiecit simul:
"Superum uoluntas fauit; sed fato inuido
carbonem, ut aiunt, pro thensauro inuenimus."
Quem spes delusit, huic querela conuenit.

VII. PRINCEPS TIBICEN

Vbi uanus animus aura captus friuola
arripuit insolentem sibi fiduciam,
facile ad derisum stulta leuitas ducitur.
Princeps tibicen notior paulo fuit,
operam Bathyllo solitus in scaena dare.
Is forte ludis, non satis memini quibus,
dum pegma rapitur, concidit casu graui
necopinus et sinistram fregit tibiam,
duas cum dextras maluisset perdere.
Inter manus sublatus et multum gemens
domum refertur. Aliquot menses transeunt,
ad sanitatem dum uenit curatio.
Vt spectatorum molle est et lepidum genus,
desiderari coepit, cuius flatibus
solebat excitari saltantis uigor.
Erat facturus ludos quidam nobilis.
Is, ut incipiebat Princeps ad baculum ingredi,
perducit pretio precibus ut tantummodo
ipso ludorum ostenderet sese die.
Qui simul aduenit, rumor de tibicine
fremit in theatro: quidam adfirmant mortuum,
quidam in conspectum proditurum sine mora.
Aulaeo misso, deuolutis tonitribus,
di sunt locuti more translaticio.
Tunc chorus ignotum modo reducto canticum
insonuit, cuius haec fuit sententia:
LAETARE INCOLVMIS ROMA SALVO PRINCIPE.

In plausus consurrectum est. Iactat basia
tibicen; gratulari fautores putat.
Equester ordo stultum errorem intellegit
magnoque risu canticum repeti iubet.
Iteratur illud. Homo meus se in pulpito
totum prosternit. Plaudit inludens eques;
rogare populus hunc choro ueniam aestimat.
Vt uero cuneis notuit res omnibus,
Princeps, ligato crure niuea fascia,
niueisque tunicis, niueis etiam calceis,
superbiens honore diuinae domus,
ab uniuersis capite est protrusus foras.

VIII. TEMPUS

Cursu uolucri, pendens in nouacula,
caluus, comosa fronte, nudo corpore,
quem si occuparis, teneas, elapsum semel
non ipse possit Iuppiter reprehendere,
occasionem rerum significat breuem.
Effectus impediret ne segnis mora,
finxere antiqui talem effigiem Temporis.

IX. TAURUS ET VITULUS

Angusto in audito taurus luctans cornibus
cum uix intrare posset ad praesepia,
monstrabat uitulus quo se pacto flecteret.
"Tace" inquit; "ante hoc noui quam tu natus es."
Qui doctiorem emendat sibi dici putet.

X. CANIS VETULUS ET VENATOR

Aduersu omnes fortis et uelox feras
canis cum domino semper fecisset satis,
languere coepit annis ingrauantibus.
Aliquando obiectus hispidi pugnae suis,
arripuit aurem; sed cariosis dentibus
praedam dimisit rictus. Venator dolens
canem obiurgabat. Cui senex contra Lacon:
"Non te destituit animus, sed uires meae.
Quod fuimus lauda, si iam damnas quod sumus."
Hoc cur, Philete, scripserim pulchre uides.

APPENDIX

I. [SIMIUS ET UULPES]
AUARUM ETIAM QUOD SIBI SUPEREST NON LIBENTER
DARE

Vulpem rogabat partem caudae simius,
contegere honeste posset ut nudas nates;
cui sic maligna: "Longior fiat licet,
tamen illam citius per lutum et spinas traham,
partem tibi quam quamuis paruam impartiar."

II. [AUCTOR]
DE HIS QUI LEGUNT LABELLUM

Hoc qualecumque est Musa quod ludit mea,
nequitia pariter laudat et frugalitas,
sed haec simpliciter; illa tacite irascitur.

III. [AUCTOR]
NON ESSE PLUS AEQUO PETENDUM

Arbitrio si Natura fixisset meo
genus mortale, longe foret instructius.
Nam cuncta nobis attribuisset commoda
quae cui Fortuna indulgens animali dedit,
elephanti uires et leonis impetum,
cornicis aeuum, gloriam tauri trucis,
equi uelocis placidam mansuetudinem;
et adesset homini sua tamen sollertia.
Nimirum in caelo secum ridet Iuppiter,
haec qui negauit magno consilio hominibus,
ne sceptrum mundi raperet nostra audacia.
Ergo contenti munere inuicti Iouis
fatalis annos decurramus temporis,
nec plus conemur quam sinit mortalitas.

IV. [MERCURIUS ET MULIERES DUAE]
DE EODEM ALIA FABULA

Mercurium hospitio mulieres olim duae
inliberali et sordido receperant;
quarum una in cunis paruum habebat filium,
quaestus placebat alteri meretricius.
Ergo ut referret gratiam officiis parem,
abiturus et iam limen excedens ait:
"Deum uidetis; tribuam uobis protinus
quod quaeque optarit." Mater suppliciter rogat
barbatum ut uideat natum quam primum suum;
moecha ut sequatur sese quidquid tetigerit.
Volat Mercurius, intro redeunt mulieres.
Barbatus infans, ecce, uagitus ciet.
Id forte meretrix cum rideret ualidius,
nares repleuit umor ut fieri solet.
Emungere igitur se uolens predit manu
traxitque ad terram nasi longitudinem,
et aliam ridens ipsa ridenda extitit.

V/VI. [PROMETHEUS ET DOLUS]
DE UERITATE ET MENDACIO

Olim Prometheus saeculi figulus noui
cura subtili Veritatem fecerat,
ut iura posset inter homines reddere.
Subito accersitus nuntio magni Iouis
commendat officinam fallaci Dolo,
in disciplinam nuper quem receperat.
Hic studio accensus, facie simulacrum pari,
una statura, simile et membris omnibus,
dum tempus habuit callida finxit manu.
Quod prope iam totum mire cum positum foret,
lutum ad faciendos illi defecit pedes.
Redit magister, quo festinanter Dolus
metu turbatus in suo sedit loco.
Mirans Prometheus tantam similitudinem
propriae uideri uoluit gloriam.
Igitur fornaci pariter duo signa intulit;
quibus percoctis atque infuso spiritu
modesto gressu sancta incessit Veritas,
at trunca species haesit in uestigio.
Tunc falsa imago atque operis furtiui labor
Mendacium appellatum est, quod negantibus
pedes habere facile et ipse adsentio.
Simulata interdum initio prosunt hominibus,
sed tempore ipsa tamen apparet ueritas.

VII. [AUCTOR]
SENSUM AESTIMANDUM ESSE, NON UERBA

Ixion quod uersari narratur rota,
uolubilem Fortunam iactari docet.
Aduersus altos Sisyphus montes agens
saxum labore summo, quod de uertice
sudore semper irrito reuoluitur,
ostendit hominum sine fine [esse] miserias.
Quod stans in amne Tantalus medio sitit,
auari describuntur, quos circumfluit
usus bonorum, sed nil possunt tangere.
urnis scelestae Danaides portant aquas,
pertusa nec complere possunt dolia;
immo luxuriae quicquid dederis perfluet.
Nouem porrectus Tityos est per iugera,
tristi renatum suggerens poenae iecur;
quo quis maiorem possidet terrae locum,
hoc demonstratur cura grauiore adfici.
Consulto inuoluit ueritatem antiquitas
ut sapiens intellegeret, erraret rudis.

VIII. [AUCTOR]
DE ORACULO APOLLINIS

Vtilius nobis quid sit dic, Phoebe, obsecro,
qui Delphos et formosum Parnasum incolis.
Subito sacratae uatis horrescunt comae,
tripodes mouentur, mugit adytis Religio,
tremuntque lauri et ipse pallescit dies.
Voces resoluit icta Pytho numine:
"Audite, gentes, Delii monitus dei:
pietatem colite, uota superis reddite;
patriam, parentes, natos, castas coniuges
defendite armis, hostem ferro pellite;
amicos subleuate, miseris parcite;
bonis fauete, subdolis ite obuiam;
delicta uindicate, corripite impios,
punite turpi thalamos qui uiolant stupro;
malos cauete, nulli nimium credite."
Haec elocuta concidit uirgo furens;
furens profecto, nam quae dixit perdidit.

IX. [AESOPUS ET SCRIPTOR]
DE MALO SCRIPTORE SE LAUDANTE

Aesopo quidam scripta recitarat mala,
in quis inepte multum se iactauerat.
Scire ergo cupiens quidnam sentiret senex,
"Numquid tibi" inquit "uisus sum superbior?"
Haud uana nobis ingeni fiducia est."
Confectus ille pessimo uolumine,
"Ego" inquit "quod te laudas uehementer probo;
namque hoc ab alio numquam contiget tibi."

X. [POMPEIUS ET MILES]
QUAM DIFFICILE SIT HOMINEM NOSSE

Magni Pompeii mile uasti corporis
fracte loquendo et ambulando molliter
famam cinaedi traxerat certissimi.
Hic insidiatus nocte iumentis ducis
cum ueste et auro et magno argenti pondere
auertit mulos. Factum rumor dissipat;
arguitur miles, rapitur in praetorium.
Tum Magnus: "Quid ais? Tune me, commilito,
spoliare es ausus?" Ille continuo exscreat
sibi in sinistram et sputum digitis dissipat:
"Sic, imperator, oculi exstillescant mei,
si uidi aut tetigi." Tum uir animi simplicis
id dedecus castrorum propelli iubet,
nec cadere in illum credit tantam audaciam.
Breue tempus intercessit, et fidens manu
unum de nostris prouocabat barbarus.
Sibi quisque metuit; primi iam mussant duces.
Tandem cinaedus habitu, sed Mars uiribus,
adit sedentem pro tribunali ducem,
et uoce molli: "Licet?" eum uero eici,
ut in re atroci, Magnus stomachans imperat.
Tum quidam senior ex amicis principis:
"Hunc ego committi satius fortunae arbitror,
in quo iactura leuis est, quam fortem uirum,

qui casu uictus temeritatis te arguat."
Assensit Magnus et permisit militi
prodire contra; qui mirante exercitu
dicto celerius hostis abscidit caput,
uictorque rediit. His tunc Pompeius super:
"Corona, miles, equidem te dono libens,
quia uindicasti laudem Romani imperi;
sed exstillescant oculi sic" inquit "mei,"
turpe illud imitans ius iurandum militis,
"nisi tu abstulisti sarcinas nuper meas."

XI. [IUNO, VENUS ET GALLINA]
DE MULIERUM LIBIDINE

Cum castitatem Iuno laudaret suam,
iocunditatis causa non renuit Venus,
nullamque ut affirmaret esse illi parem
interrogasse sic gallinam dicitur:
"Dic, sodes, quanto possis satiari cibo?"
Respondit illa "Quidquid dederis, satis erit,
sic ut concedas pedibus aliquid scalpere."
"Ne scalpas" inquit "satis est modius tritici?
"Plane, immo nimium est, sed permitte scalpere."
"Ex toto ne quid scalpas, quid desideras?"
Tum denique illa fassa est naturae malum:
"Licet horreum mi pateat, ego scalpam tamen."
Risisse Iuno dicitur Veneris iocos,
quia per gallinam denotauit feminas.

XII.IUUENCUS ET BOS UETULUS
QUOMODO DOMANDA SIT FEROX IUUENTUS

Paterfamilias saeuum habebat filium.
Hic, e conspectu cum patris recesserat,
uerberibus seruos afficiebat plurimis
et exercebat feruidam adulescentiam.
Aesopus ergo narrat hoc breuiter seni:
"Quidam iuuenco uetulum adiungebat bouem.
Is cum refugiens impari collo iugum
aetatis excusaret uires languidas,
'Non est quod timeas' inquit illi rusticus;
'non ut labores facio, sed ut istum domes,
qui calce et cornu multos reddit debiles.'
Et tu nisi istum tecum assidue retines,
feroxque ingenium comprimis clementia,
uide ne querela maior accrescat domus."
[Atrocitati mansuetudo est remedium.]

XIII. [AESOPUS ET UICTOR GYMNICUS]
QUOMODO COMPRIMATUR ALIQUANDO IACTANTIA

Victorem forte gymnici certaminis
iactantiorem Phryx cum uidisset sophus,
interrogauit an plus aduersarius
ualuisset neruis. Ille: "Ne istud dixeris;
multo fuere uires maiores meae."
"Quod" inquit "ergo, stulte, meruisti decus,
minus ualentem se uicisti fortior?
Ferendus esses, arte si te diceres
superasse eum qui te esset melior uiribus."
XIV. [Asinus ad lyram]
Quomodo ingenia saepe calamitate intercidant
Asinus iacentem uidit in prato lyram;
accessit et temptauit chordas ungula.
Sonuere tactae. "Bella res mehercules
male cessit" inquit "artis quia sum nescius.
Si reperisset aliquis hanc prudentior,
diuinis aures oblectasset cantibus."
Sic saepe ingenia calamitate intercidunt.

XV. [VIDUA ET MILES]
QUANTA SIT INCONSTANTIA ET LIBIDO MULIERUM

Per aliquot annos quaedam dilectum uirum
amisit et sarchphago corpus condidit;
a quo reuelli nullo cum posset modo
et in sepulchro lugens uitam degeret,
claram assecuta est famam castae coniugis.
Interea fanum qui compilarant Iouis,
cruci suffixi luerunt poenas numini.
Horum reliquias ne quis posset tollere,
custodes dantur milites cadauerum,
monumentum iuxta, mulier quo se incluserat.
Aliquando sitiens unus de custodibus
aquam rogauit media nocte ancillulam,
quae forte dominae tunc adsistebat suae
dormitum eunti; namque lucubrauerat
et usque in serum uigilias perduxerat.
Paulum reclusis foribus miles prospicit,
uidetque egregiam facie pulchra feminam.
Correptus animus ilico succenditur
oriturque sensim ut impotentis cupiditas.
sollers acumen mille causas inuenit,
per quas uidere posset uiduam saepius.
Cotidiana capta consuetudine
paulatim facta est aduenae submissior,
mox artior reuinxit animum copula.

Hic dum consumit noctes custos diligens,
desideratum est corpus ex una cruce.
Turbatus miles factum exponit mulieri.
At sancta mulier "Non est quod timeas" ait,
uirique corpus tradit figendum cruci,
ne subeat ille poenas neglegentiae.
Sic turpitudo laudis obsedit locum.

XVI. [DUO PROCI]
FORTUNAM INTERDUM PRAETER SPEM ATQUE
EXPECTATIONEM HOMINIBUS FAUERE

Vnam expectebant uirginem iuuenes duo.
Vicit locuples genus et formam pauperis.
Vt nuptiarum dictus aduenit dies,
amans, dolorem quia non poterat perpeti,
maerens propinquos contulit se in hortulos,
quos ultra paulo uilla splendens diuitis
erat acceptura uirginem e matri sinu,
parum explicatur, turba concurrit frequens,
et coniugalem praefent Hymenaeus facem.
Asellus autem, qui solebat pauperi
quaestum deferre, stabat portae in limine.
Illum puellae casu conducunt sui,
uiae labores teneros ne laedant pedes.
Repente caelum, Veneris misericordia,
uentis mouetur, intonat mundi fragor
noctemque densis horridam nimbis parat.
Lux rapitur oculis, et simul uis grandinis
effusa trepidos passim comites dissipat,
sibi quemque cogens petere praesidium fuga.
Asellus notum proxime tectum subit,
et uoce magna sese uenisse indicat.
Procurrunt pueri, pulchram aspiciunt uirginem
et admirantur; deinde domino nuntiant.

Inter sodales ille paucos accubans
amorem crebris auocabat poculis.
Vbi nuntiatum est, recreatus gaudiis
hortante Baccho et Venere, dulcis perficit
aequalitatis inter plausus nuptias.
Quaerunt parentes per praeconem filiam;
Nouus maritus coniuge amissa dolet.
Quid esset actum postquam populo innotuit,
omnes fauorem comprobarunt caelitum.

XVII. [AESOPUS ET DOMINA]
QUAM NOCEAT SAEPE UERUM DICERE

Aesopus turpi cum seruiret feminae,
quae se expingendo totum tricaret diem,
uestem uniones aurum argentum sumeret,
nec inueniret digito qui se tangeret,
"Licetne paucis?" inquit. "Dicas." "Censeo,
quiduis efficies, cultum se deposueris."
"Adeone per me uideor tibi meliuscula?"
"Immo, ni dederis, sponda cessabit tua."
"At non cessabunt latera" respondit "tua";
et obiurgari iussit ferulis garrulum.
Post paulo armillam tollit fur argenteam.
Eam non apparere ut dictum est mulieri,
omnes furore plena uocat, et uerbera
proponit grauia, uerum si non dixerint.
"Aliis minare; me" inquit "non falles, era;
flagris sum caesus , uerum quia dixi modo."

XVIII. [GALLUS ET FELES LECTICARII]
NIMIAM SECURITATEM SAEPE IN PERICULUM HOMINES
DUCERE

Feles habebat gallus lecticarios.
Hunc gloriose uulpes ut uidit uehi,
sic est locuta: "Moneo praecaueas dolum;
istorum uultus namque si consideres,
praedam portare iudices, non sarcinam."
Postquam esurire coepit felum societas,
discerpsit dominum et fecit partes funeris.

XIX. [SCROFA PARTURIENS ET LUPUS]
FACIENDUM PRIUS DE HOMINE PERICULUM QUAM
EIUS TE COMMITTAS FIDEI

Premente partu scrofa cum gemeret iacens.
Accurrit lupus et obstetricis partibus
se posse fungi dixit, promittens opem.
Quae uero nosset pectoris fraudem improbi,
suspectum officium repudiauit malefici
et "Satis est" inquit "si recedis longius."
Quodsi perfidiae se commisisset lupi,
pari dolore fata deflesset sua.

XX. [AESOPUS ET SERUUS PROFUGUS]
NON ESSE MALO ADDENDUM MALUM

Seruus profugiens dominum naturae asperae
Aesopo occurrit, notus e uicinia.
"Quid tu confusus?" "Dicam tibi clare, pater,
hoc namque es dignus appellari nomine,
tuto querela quia apud te deponitur.
Plagae supersunt, desunt mihi cibaria.
Subinde ad uillam mittor sine uiatico.
Domi si cenat, totis persto noctibus;
siue est uocatus, iaceo ad lucem in semita.
emerui libertatem, canus seruio.
Vllius essem culpae mihi si conscius,
aequo animo ferrem. Nunquam sum factus satur,
et super infelix saeuum patior dominium.
Has propter causas et quas longum est promere
abire destinaui quo tulerint pedes."
"Ergo" inquit "audi: cum mali nil feceris,
haec experiris, ut refers, incommoda;
quid si peccaris? Quae te passurum putas?"
Tali consilio est a fuga deterritus.

XXI. [EQUUS CIRCENSIS]
FERENDUM ESSE AEQUO ANIMO QUIDQUID ACCIDERIT

Equum e quadriga multis palmis nobilem
abegit quidam et in pistrinum uendidit.
Productus ad bibendum cum foret a molis,
incircum aequales ire conspexit suos,
ut grata ludis redderent certamina.
Lacrimis obortis "Ite felices," ait,
"celebrate sine me cursu sollemnem diem;
ego, quo scelesta furis attraxit manus,
ibi sorte tristi fata deflebo mea."

XXII. [VRSUS ESURIENS]
FAMAM ACUERE ANIMANTIBUS INGENIUM

Si quando in siluis urso desunt copiae,
scopulosum ad litus currit et prendens petram
pilosa crura sensim demittit uado;
quorum inter uillos haeserunt cancri simul,
in terram adsiliens excutit praedam maris,
escaque fruitur passim collecta uafer.
Ergo etiam stultis acuit ingenium fames.

XXIII. [VIATOR ET CORUUS]
VERBIS SAEPENUMERO HOMINES DECIPI SOLERE

Quidam per agros deuium carpens iter
AVE exaudiuit, et moratus paululum,
adesse ut uidit nullum, corripuit gradum.
Iterum salutat idem ex occulto sonus.
Voce hospitali confirmatus restitit,
ut, quisquis esset, par officium reciperet.
Cum circumspectans errore haesisset diu
et perdidisset tempus aliquot milium,
ostendit sese coruus et superuolans
AVE usque ingessit. Tum se lusum intelligens
"At male tibi sit" inquit, "ales pessime,
qui festinantis sic detinuisti pedes."

XXIV. [PASTOR ET CAPELLA]
NIHIL ITA OCCULTUM ESSE QUOD NON REUELATUR

Pastor capellae cornu baculo fregerat:
rogare coepit ne se domino proderet.
"Quamuis indigne laesa reticebo tamen;
sed res clamabit ipsa quid deliqueris."

XXV. [SERPENS ET LACERTA]
VBI LEONIS PELLIS DEFICIT, UULPINAM INSUENDAM ESSE; HOC EST, UBI
DEFICIUNT UIRES ASTU UTENDUM

Serpens lacertam forte auersam prenderat,
quam deuorare patula cum uellet gula,
arripuit illa prope iacentem surculum,
et pertinaci morsu transuersum tenens
auidum solleti rictum frenauit mora.
praedam dimisit ore serpens inritam.

XXVI. [CORNIX ET OUIS]
MULTOS LACESSERE DEBILES ET CEDERE FORTIBUS

Odiosa cornix super ouem consederat;
quam dorso cum tulisset inuita et diu,
"Hoc" inquit "si dentato fecisses cani,
poenas dedisses." Illa contra pessima:
"Despicio inermes, eadem cedo fortibus;
scio quem lacessam, cui dolosa blandiar.
ideo senectam mille in annos prorogo."

XXVII. [SOCRATES ET SERUUS NEQUAM]
NULLUM MALEDICTUM ESSE GRAUIUS CONSCIENTIA

Cum seruus nequam Socrati male diceret,
uxorem domini qui corrupisset sui,
idque ille sciret notum circumstantibus,
"Places tibi" inquit "quia cui non debes places;
sed non impune, quia cui debes non places."

XXVIII. [LEPUS ET BUBULCUS]
MULTOS UERBIS BLANDOS ESSE, PECTORE INFIDELS

Cum uenatorem celeri pede fugeret lepus
et a bubulco uisus ueprem inreperet:
"Per te oro superos perque spes omnes tuas,
ne me indices, bubulce; nihil umquam mali
huic agro feci." Et rusticus: "Ne timueris;
late securus." Iamque uenator sequens:
"Quaeso, bubulce, numquid huc uenit lepus?"
"Venit, sed abiit hac ad laeuam," et dexteram
demonstrat nutu partem. Venator citus
non intellexit seque e conspectu abstulit.
Tunc sic bubulcus: "Ecquid est gratum tibi,
quod te celaui?" "Linguae prorsus non nego
habere atque agere maximas me gratias;
uerum oculis ut priueris opto perfidis."

XXIX. [MERETRIX ET IUUENIS]
MULTA ESSE NOBIS IOCUNDA QUAE TAMEN SUNT
INCOMMODA

Cum blandiretur iuueni meretrix perfida,
et ille laesus multis saepe iniuriis
tamen praeberet sese facilem mulieri,
sic insidiatrix: "Omnes muneribus licet
contendant, ego te plurimi facio tamen."
Iuuenis recordans quotiens deceptus foret:
"Lubenter," inquit, "mea lux, hanc uocem audio,
non quod fidelis, sed quod iucunda est mihi."

XXX. [FIBER]
MULTI UIUERENT SE SALUTIS GRATIA PARUI FACERENT FORTUNAS

Canes effugere cum iam non possit fiber
(Graeci loquaces quem dixerunt castorem
et indiderunt bestiae nomen dei,
illi qui iactant se uerborum copia),
abripere morsu fertur testiculos sibi,
quia propter illos sentiat sese peti.
Diuina quod ratione fieri non negem;
uenator namque simul inuenit remedium,
omittit ipsum persequi et reuocat canes.
Hoc si praestare possent homines, ut suo
uellent carere, tuti posthac uiuerent;
haud quisquam insidias nudo faceret corpori.

XXXI. [PAPILIO ET UESPA]
NON PRAETERITAM SED PRAESENTEM ASPICIENDAM
ESSE FORTUNAM

Papilio uespam prope uolantem uiderat:
"O sortem iniquam! Dum uiuebant corpora,
quorum ex reliquiis animam nos accepimus,
ego eloquens in pace, fortis proeliis,
arte omni princeps inter aequalis fui;
en cuncta leuitas putris et uolito cinis.
Tu, qui fuisti mulus clitellarius,
quemcumque uisum est laedis infixo aculeo."
At uespa dignam memoria uocem edidit:
"Non qui fuerimus, sed qui nunc simus, uide."

XXXII. [TERRANEOLA ET UULPES]
PRAUIS NON ESSE FIDEM ADHIBENDAM

Auis quam dicunt terraneolam rustici,
in terra nidum quia componit scilicet,
forte occucurrit improbae uulpeculae,
qua uisa pennis altius se sustulit.
"Salue," inquit illa, "cur me fugisti obsecro?
Quasi non abunde sit mihi in prato cibus,
grilli, scarabaei, locustarum copia;
nihil est quod metuas, ego te multum diligo
propter quietos mores et uitam probam."
Respondit cantrix: "Tu quidem bene praedicas,
in campo non par, [par] sum sublimis tibi.
Quin sequere; tibi salutem hic committo meam."